当代诗人自选诗

最后的情书

殷俊 著

中国书籍出版社
China Book Press

图书在版编目（CIP）数据

最后的情书/殷俊著.— 北京：中国书籍出版社，2019.4

ISBN 978-7-5068-7239-3

Ⅰ.①最… Ⅱ.①殷… Ⅲ.①诗集—中国—当代 Ⅳ.①I227

中国版本图书馆 CIP 数据核字（2019）第 027537 号

最后的情书

殷　俊　著

图书策划	成晓春　崔付建
责任编辑	邹　浩
责任印制	孙马飞　马　芝
出版发行	中国书籍出版社
地　　址	北京市丰台区三路居路 97 号（邮编：100073）
电　　话	（010）52257143（总编室）（010）52257140（发行部）
电子邮箱	eo@chinabp.com.cn
经　　销	全国新华书店
印　　刷	三河市华东印刷有限公司
开　　本	880 毫米 ×1230 毫米　1/32
字　　数	70 千字
印　　张	6.25
版　　次	2019 年 4 月第 1 版　2019 年 4 月第 1 次印刷
书　　号	ISBN 978-7-5068-7239-3
定　　价	42.00 元

版权所有　翻印必究

目录 / Contents

第一辑　最后的情书

002　要用水
003　后　来
004　放　下
005　就是这样
006　寻　找
008　对于历经过的痛苦
009　祭　坛
010　果子的等待
011　月　色
012　咏　叹
013　等　待
014　重　叠
015　交　换
016　我们知道

017　夫　妻

018　等　雪

019　蓝　图

021　新年开始了

022　两列火车

023　暮色中

024　一封情书

025　濯　洗

026　最后的情书

027　第一个句子

028　给　你

029　断　裂

030　寻　找

031　阴　暗

032　活下去

033　多　余

034　消　逝

035　这就是意义

036　五　月

037　一万年过去了

038　雨和我们

039　就送到这里吧

040　远　方

041　归　拢

042　乌　桕

043　交　出
044　岸　上
045　多　余
046　拥　抱
047　愿　望
048　午前的拥抱
050　爱　人
051　流　水
052　我爱上
053　我爱你时
054　一梦多年
055　夜　半
056　像安慰一个不幸的人
057　生活总在明暗之间进行
058　无字可表

第二辑　现实总是暴雨如注

060　重的残骸
061　遗　忘
062　当我读到你的诗
063　沮　丧
064　那才是真的
065　时光之河
066　在这里

067　哦，父亲
069　预　习
070　他们终于能够享受
071　严肃点
072　坚　持
073　全部与部分
074　姐姐说
075　场　景
076　沉下去
077　她并没有说过这样的话
078　食　物
079　打　捞
080　祖　母
082　感谢神
083　买　鱼
084　追　忆
086　给朵渔
088　给海马
089　神　赐
090　剩下的
091　像谈起别人的故事
092　告　别
093　归　宿
094　人　间
095　对　坐

096　路

097　清　晨

098　触　摸

099　回　忆

100　熟睡的女人

101　铁，与铁锈

103　月　嫂

104　远　方

105　我们都是有病的人

106　树

107　醉　酒

108　一无所知

109　上帝在点数

110　希望你——

111　活着的人

112　向死而生的举动

113　安　抚

114　果　实

115　回　家

116　南风吹着不相干的事物

117　爱人在打扫

118　摧　毁

119　亲爱的孩子

120　破碎的西红柿

121　……

122　问　候
123　也许穷其一生
124　每次离开
125　迟归的人摸我的额头

第三辑　你需要忘记自己

128　过　渡
129　在……
130　假　设
131　此　时
132　这之后
133　来　去
134　岸　上
135　病中记
137　了　结
138　听不清
139　我承认
140　铁　屑
141　坚　固
142　张　望
143　忘　记
144　尾　音
145　某一刻
146　再也不能

147 迷　途

148 梯　子

149 河　流

150 影　子

151 落　叶

152 知　晓

153 物伤其类

154 最好的

155 雨　天

156 拥　有

157 死总是不费吹灰之力

158 秋风起

159 木　头

160 微　火

162 空

163 如　果

164 活　着

165 中　年

166 平　静

167 自　由

168 处　境

169 孤　儿

170 雨　夜

171 奔　赴

172 感　谢

173 共　享

174 切　割

175 钉子和草绳

176 扮　演

177 幸　福

178 宽　恕

179 算　命

180 我经常这样

181 处　境

182 结　局

183 我也想说说我的忧伤

184 剧　终

186 消　失

187 我能忍受一切锋利

188 停在空中

189 与自己道别

第一辑　最后的情书

要用水

你们拥有越多次泪水
越能在雨水中彼此擦拭和安慰
你萌生过一次爱意,此后
被持久的爱和恨意不断加固
如同两块被太阳不断烤晒的石头
还得忍受近距离的厌倦
近到一块要推另一块滚落下去
对死也有所了解:
你们在草丛中窃窃私语
大地送来巨大的平静和微澜

然而你不要用剩余的热情造一个
——新的爱人。
不要用钉子,钉住你的悲伤和欢乐
要用水,让一切流去

后 来

海水将一些彩色鹅卵石
冲击过来
后者以一种不动声色的倔强
陷进去。当肇事者退去
我看到了这一切:
汹涌的归于平静
沙和水分离

我们的姓名并列排在一起
它们的主人在走失后,终生负痛

放　下

当我又一次陷入关于你的回忆
人间那么静
病体发出萎靡的光
每一束都来自你的手指
你描述过的远方

作为承诺过的，命中最重的部分
被我们轻轻放下了
真好！
我又可以如动物反刍
那些疼痛的、重的……

就是这样

我从未爱过垂手可得的东西
常思念某个短暂的时刻里,意外获取的
半张面孔,刀刻的棱角。
拖鞋行进时带动的双腿,肌肉结实。
犹如古老的立体雕像,在黑暗中寂静,发光
——就是这样。

每隔一段时间,大声呼叫他(它)们
他(它)会应你
风从沙地上吹过。然后
忘记。

我深深爱着垂手可得的一切
不断忘却易逝的面容。从密封的时空的
终点,返回人间

寻　找

这一次，我翻开了另一本书
发誓从中找到那个陌生人
他从阴影处的旧椅上起身
目光与我的相遇
之后他走向前来，和我拥抱

我们终于找到了对方——

你会说太晚了，你们已经苍老
像无花果失去甘甜。事实上
两具肉体仍有深藏的湖泊
一遍遍舔舐对方的舌头
不断分泌出甜汁，或毒液

在一本书的最后一页
暗淡的光影消灭最后一行字

两个从虚无中发明出爱情的生物
交还出记忆、焦虑、悲喜
书页合拢的瞬间
迅速收回朝外探视的脸

对于历经过的痛苦

八点钟的窗前,阳光很好
雾气弥散在空中
这安宁的岁月,云雀在鸣唱
对于历经过的痛苦我已轻声啜泣
并遗忘在片刻之前
像丢弃的某物件
比如将一把找回的零钱丢进抽屉
越积越多
直到盛满,把它清空
当我念及你的音容
也如雨水循环,在不断坠落中爱上
不断消弭的错觉

祭　坛

在我们第一次相见
我看到你最后一次离开
当我们拥抱
悲伤蔓延
在人世前行的间隙
我一边爱你
一边准备好祭坛

这就是一切，就是爱情。

果子的等待

在悬铃木下等绿铃铛落地
在枇杷树下等果实变黄
等远方的飞鸟把高处的食物带走
而低处的已被采光

在五月的尾声里,我等六月的降临
像一枚果子等待需要它的人

月　色

我们年轻时生出的力正在失去
令彼此感觉耻辱的凋谢不断扩大着疆域
当我们反刍起这种耻辱
一些细弱的光的波澜跳动着
仿佛要借人间的荒芜逃出去
古老的月下
我们废弃的肉体偷偷醒来
在失重的孤独中拥抱、接吻
将之推向更深的孤独

咏　叹

在这开阔的草地上
我双膝着地
向着坠落的乌桕叶跪伏下去
多么相像,它们和我
是短暂的大火使我们明亮
接着枯萎
是一场必然的聚散迁徙到此
必须享受
必须哭泣
是谁放的火
被风从远处吹上来
是这空旷的漂泊使我跪伏
这伤感的咏叹调

等 待

庄稼快要熟透了
草在荒着
野菊在黄
我在枯萎中等待饱满
金黄的岁月啊,收割后就开始
一去不回

重　叠

我们所共有的部分
是某个夜晚中的一次重叠
冷的身体碰触到热的就不分彼此
我们拿日子中废弃的舌头亲吻
用破碎的眼泪缝补行将的枯萎

天亮后，这共有的浮生中
接近崩溃的潮水，已无声消隐

交　换

这是我们所有人的疆域
每个人将脚印落上去
灵魂飘起来，被仰望

坐在雪域之上的神啊
让我和远方的浪子交换位置吧

让他返回温柔的故里
我要踏上他的远方

我们知道

当我们逃离纷杂的人世
满怀喜悦地来到山野
并排躺在一起
我们知道——

当我们退出
隔着一段生铁的距离用力敲打四壁
只能听到空空的回响

天空不断飘来新的云朵
我们待过的地方又添了一座新坟

夫　妻

天亮后
我们避开身体的接触
如陌生人一样擦肩
来往言辞尖锐，闪动仇恨的锋芒
我们的嘴巴不说爱，仿佛
爱已死

到了夜晚
在巨大静谧的黑暗中
花朵脱落了
我们在热泪中拥抱
像果壳明知要松绑而加倍地
抱紧种子

等 雪

雪就要来了,冷风敲着栅栏和河流
人们在做迎接雪的准备
棉衣、热水、怀抱、某个隐秘的安全岛
分头行走的人突然抱在一起
如一部长篇小说终于在结尾打开死结
或是结下更深的恩怨
头顶上的枯枝发出咔咔声
它们这种乐音就像瓷器等待一种碎裂
而该来的一定会来——
这些年潜伏在骨头里的病痛
一到寒冬就发作
拼命抑制的念头,一到雪天就崩溃

蓝　图

"一座木屋，一台车，
写诗作画，行遍天下。"
你这样描述理想中的生活
这样的人生因脱离世俗的捆绑
堪称完美
我想象陌生新鲜激荡的时光
一部分梦在路上
一部分陷进柔软的枕头
它抱紧肉身和灵魂，如同你抱紧我
而我身心空旷望着窗外——
茅草丛生，天高地远
我们脱离生活的摆布
终于活得不像个人

写到这里我停下来
一枚血月亮就在窗外

散发出令人眩晕的幸福
我害怕失去幸福进而害怕它来敲门
需要时常保留不幸的感觉
以求活着时并未拥有太多而
心安理得
年轻时我爱上什么会把什么爱死
如今我爱上谁，就会把谁忘记
爱上什么生活
就会关闭朝向它的门窗，直到
慢慢失去力气

新年开始了

许多年后,你会想起沸腾的新年午夜
在先锋书店缓慢流动的光阴里
千万个夜晚揉进一个里
不敢吐出愿望的人凿开窗,月光进来了
不可思议的故事被放出来
一个患病的人对另一个伸出手
擦去对方的眼泪、血水、乏味的旧事
人世间的孤孤单单
遗落的人在这儿重合并深入绝望的境地
而关于明天
我们并不能拥有十足的信心

两列火车

大雪纷飞的山峰之上
我们互为对方的火车,装满波涛
从被荒废的旧时光
途经陌生的郊野或城市
一路嘶吼、镇压、轰炸、颠覆
寻找不可实现的安身之所
白白的世界,白白的两列火车是
投奔新生也滑入深渊的你我
省略了开头与结尾
一碰撞就粉身碎骨的你我
寂静的飞雪中
两节空荡荡的车身一边安慰着
一边将对方埋葬
看起来多么悲壮啊,听起来像唱歌

暮色中

天暗下来时
我们正陷身于山野之间
积雪坦露如一地白银
麻栎树停止生长,静泊头顶
有序的万物还包括
恋人尚在身侧
双手环过我腰身
舌尖带有青草的气息
暮色层层围拢过来时
小路被走到尽头
这苍白的中年时代
唯有稀薄的月色带我们
步入归途

一封情书

这被反复使用的美并没有越用越旧
一如濯洗过的棉衫
因年代久远充满妥帖的手感
也如你的皱纹被我反复摩挲,越来越深

我们之间的爱啊,被祝福,也被诅咒
厄运与幸福一前一后
生长与磨损同时进行,如流水如星辰

被我疼过无数遍的旧爱与新欢
当我踩着积雪返回故里
另一个我正长出新的羽翼朝你而去

濯 洗

要费尽多少周折
误入多少歧途
我们才会在此相逢
我有吐不出的隐忧
你有旧伤未愈
风雪里
两具浑浊的肉身被大雪洗净
一头扎进对方的身体

最后的情书

这棕黄的纸上，有我给你的亲笔信

开头处的空白，代表我们在无知年代
开启一段伤感的历程
你坐在床前，读到某段过往中不可忘却的部分
拿纸的手微微颤抖
关于爱，我一直无法告诉你更多
——至今仍然不能

继续向下：流畅的字符遭遇到冷落、焦虑、误解
被迫停下
你想起写信者欲言又止
反复敲打着某种情绪也反复删除
决心全部删除。
读到这里，下面又是空白，我就不署名了
就这样吧。

第一个句子

给母亲打过电话后
她打开本子,写下第一个句子——
"你和她相爱的日子不多了……"

这时他推门进来,从身后抱住她
她伏在桌上,用压抑的呜咽音向他求救
"没有断肠之事就不要落泪"
此刻悲伤的人并不记得这一句
他转过那张充满泪痕的脸,反复摩挲
极尽疼爱之态
等其渐渐安静下来,他蹲下身体
将头埋进她胸口,像个孩子
这使她几乎忘记不幸转而去安抚他

在他推门出去后,第一个句子又变成了:
"你和他相爱的日子不多了……"

给 你

你们相爱的日子不多了
有一天,你再不能坐在饭桌对面,听他打趣世俗的人生
夜里醒来,不能摸过那双手十指相扣
当他从黄昏的细雨中归来,你再不能怜悯地

怜悯地安抚他一身的疲惫、眼里的沧桑

旧日历越撕越薄,最短的一个字也将交给死神
在此之前,我们只肯在接吻时将它说出

阳光很好。趁你暂时还拥有这一切
藏好你的呜咽
强颜欢笑吧——

断　裂

时间逃出时钟，径直朝过往碎片扑去——
急速的历程里，一棵棵转瞬即逝的林木
代表着我们无法第二次在同一情境下经历
满山满谷的落雪中，一条断头路
如敏锐的神经遭遇电击后陷入瘫痪
悲伤的雪人赤脚站在黑暗中
从断裂的记忆中挤出身体内的泡沫。
估价一场飞雪坠毁的惨烈度

寻　找

很多恍惚的瞬间
在黄昏或细雨中的路口等红灯
在冰雪夜骑车独行
我们相遇
用记忆里的情节和臆想中的方式
我们说话，对白是多年前的
老套，烂俗，温情
或许我会伸手触摸你的脸庞
令我沉醉的不是那往日盛颜
恰是你沧桑的
带有悲悯意味的目光
一探我本质
幽深的时间里
我以此种方式反复将你找回
与你重归于好

阴　暗

此刻的人间是温暖的
东边的学校传来孩子们的诵读音
植物在阳光下生长
雨水里枯萎
来来回回的命被风吹着
越吹越薄

那么多的人在拥抱后流下泪水
一边腐朽，一边辽阔
我要不断承受被填满再被掏空的命运
要在这明亮的人间为你
留一小片阴暗

活下去

这么安静的秋天
多么适合离你而去
去一个说不上名字的地方
在靠水的旧房子里生活
忍受也安享所有的静谧
像世间只剩下草木
以两种以上的情绪念你的名字
用上诸如"无限""非常""好"等修饰词
你稀薄而顽固地存在
尤其在夜里
像头顶不多的星星
用隐约的光芒照我,磨损我
即使想念
也不要见面,并且
永不再见
我可以永不得到也永不担心失去地
活下去

多 余

我站在低低的人间
向高处看
站在生的半途
向终点看
爱人啊,我站在你的身边
右手被你的左手捏着
多余的话啊像这雨声
像呢喃

多余的夜晚被风吹散
多余的命被你捏着
成碎片

消　逝

还有不能吞噬的东西吗?
这些年来,你种花种树,养猫养狗
一遍遍在雨水中奔跑
归来时步履沉重
往事一桩桩消退
如今,一切已经结束

新一天的光线里你一边翻看旧照片
一边低语:
即使在逼仄的空间里
我们也再不能相遇

这就是意义

我是伟大的先知
见到你的第一眼就要和你相爱
一只受伤的狗期待被安抚
带着蓝色的哀伤跌落
在你跟前
漫长的相爱后
我们来到河流的平缓之处
观看落日下坠的画面
一条船挨着黄昏下的渡口

五 月

夜晚发黑的树林贡献出温润
那是爱人,你的手
于一本旧书中寻找熟悉的词句
挥霍完积攒的一切后
我们变得虚弱,来到清晨——

光拖动植物们长长的影子
从阴暗处走出来。然后是
我们的五月,多么明亮

一万年过去了

在只能眺望不能相爱的日子
时间铺垫在脚下
越来越高
我在逐渐古老的事物当中爱你
一遍遍亲吻
悲伤、缓慢、忧郁的吻
经常用力过猛——
直到疲惫。直到

一万年过去了
我们看过的星星退回远方
河流来到尽头
我变成一座空旷的车站
你在另一个地方停下脚步

雨和我们

我们依靠在一起的肌肤上有雨
它来自天空
经过半生的磨难坠毁人间
像此刻的我和你
一个是另一个的归宿,也是坟墓

"雨雪从天而降,并不返回。"①
对于这,你我都知晓。

---
① 犹太先知以赛亚的话

就送到这里吧

无数次想象我们告别的场面
像流水自然地离去
很安静,干净。
想象从那之后我看到流水
就看到爱的庙宇,一场卑微之爱
让我们和春天一起复活
度过数月
当我们分离
并没有获得回程票
一个人停在某处,另一个向她挥手:
就送到这里吧。

一颗心在另一个人的胸口炸裂[1]

---

[1] 出自阿米亥的《今天,我的儿子》:我的心在他的胸膛里碎裂

远　方

那个和我一样在灰色的天空下
眺望的人
也和我一样地眼含泪水
他在远方
他叫远方

天渐渐冷了
我还陷在狗毛般的事务里
无法动身

当昨夜的雨落上今天的落叶
我还在路边道上跑步
头顶乌鸦乱叫
一个男人将身体靠在一棵树上
对着秋风抽烟
那模样多像你啊
多像我

归 拢

很快，我们就沉寂下来
像黑暗中的两截木头
忘记开花散叶的往事
不再疼痛、申辩，不再
生长——

当我们日复一日接受腐朽
唯有念起你的名字
会让我失去坚硬而变得
力气全无

乌　桕

我见过的世面真少，大部分时间
守在家里
读到哪段文字中的人就停下来
闭目想象他的骨骼、肉身和手纹

这样的场景并不多——
半夜起身去树林转悠
摸到一棵乌桕树
轻轻拍打它的身体

乌桕啊，你有四季可以轮回
我有沮丧的尘世
有夜色中滚烫的爱恋
想和你分享

交 出

面对茫茫雾霾,低头行走的人
交出虚拟的前程
也向日子交出过时间、健康和好睡眠
向暂时无力到达的远方交出耐心
对命运弯下腰来,舔重而疼痛的关节
在一处斜坡上
她哆嗦着向爱人掏出心,腾出的位置
来装漆黑的夜晚

现在,轮到处置这具贫贱的肉身了
冬日将逝
风雪会落满它并发出空空的回音

岸　上

说起那些年的往事
像寂静的沙滩露出砂砾和圆润的石头
潮水早已退远
泛着白沫的情欲落进海水深处
我们站在岸上
能清晰地看见海风席卷一切
并使它们沉沦其中的过程
夜晚到来
潮水拍击海岸的声响
像提前预知分离发出的哀嚎

多　余

我站在最低的人间
向高处看
站在生的半途
向终点看
亲爱的，我站在你的身边
右手被你的左手捏着
多余的话啊像这雨声
像呢喃

多余的夜晚被风吹散
多余的命被你捏着
成碎片

拥 抱

抱着一具肉体像抱着半截火炬
在仅有一线窄光的高空燃起薪火
互相拥抱的人也拥抱眼泪
在渐渐熄灭的香气中忘记落地的酸楚

愿　望

儿女绕膝时
依然愿意继续为他生养众多的儿女
像第一次抱得很紧
第一次哭
黑暗中两具潮湿的身体烧了一会
默默地灭了
小风轻拍珠帘
我们尚在人间

每隔一段日子
这样的愿望就翻涌一遍

午前的拥抱

他抓紧我的手
像抓一片即将凋落的叶子
搓揉它，用脸贴它
后来转移到我脸上
蹭不断涌出的眼泪
风从头顶涌来
堵我们喉咙里的哽咽

后来，他喊我名字
至少喊了十回，仿佛要通过声音
重新找到饱胀的爱人
多年前的温柔被他反复使用
越用越旧
越旧越让我依恋

现在是午前
阳光照着又累又乏的人们
等待他们拥抱结束

爱 人

一切用旧的事物中皆有可供怀念的细节
书架落满灰尘,也曾被一次次擦净、变亮
拿书的手是年轻过的那一双
有棉布般眼神的爱人,站在满屋的旧物前
光阴叠加在他和它们身上
覆于其上的阴影越来越厚
对人世的看法却日趋简单:穿简单的衣物
只关心眼前事物,只爱眼前人

流　水

流水经过石头时会停留一会儿
将被诸多水花安抚过的石身再摩挲一遍
之后离开
永不回来

像爱过的人一定会远去
我是一遍遍远去的流水
也会在夜色中一次次归来

我爱上

我爱上
这荒芜之岛
床是安静的坟墓
收留两具永生的尸骨

我爱这脱离人间的秩序
时光在小风上泛光
小风静静地泊着
一无用处

我爱你的中年之态
静物般的面容
爱微光中渺小的喜悦
我爱这迟疑的时间
报告着
今日已逝

我爱你时

柔和的夜晚,柔和的
一掌宽光落上
我们的床
我爱你时
你是这道微糜的光
是从绝望中生出的浩荡

我爱你时
绝望变得安静极了
小风在安静中飘荡

一梦多年

我侧脸伏在他背后,听他讲述昨夜梦境:
在老家,我们看着另一对自己走进婚房:
他们重复我们的过去
每一个动作都轻柔,对视的目光,说话的声音
和父母一起吃饭、看花、泪水中抱紧

他知道一切再也回不去了,我也知道
我们多想慢慢相爱啊,慢慢经历

夜　半

夜晚寂静
真好
用铅笔写字真好
灯光造出一个暖黄的我
明明是有，偏偏虚无

我倾一倾身子，你就从体内
流出来
再倾
再流

此时夜空出小小的家国
风敲窗户
说不出的好
我对你的喜欢是
说不出的

像安慰一个不幸的人

半夜醒来,我习惯伸手摸他温热的身体

像个孩子或母亲
一只手去寻找另一只,一具肉体贪恋
另一具的温软

当指尖触到他的一瞬
他迅速做出呼应:抚摸、拥抱,或是轻拍
像安慰一个不幸的人

三两声犬吠从远处传来,提醒我
此刻区别于过去
在比纺线还要细弱的微光中
传来五月菜畦的安宁

生活总在明暗之间进行

有人站在窗内观望狂欢的人群:
一些人旅行、跳舞、喝酒
用毯子遮在头上
忘记偷窥者的眼睛
一些人用脚趾说话
用手,互相爱
一对停在大楼阴影处的恋人
不断告别,不断拥吻

他转身锁上房门,平静地
一个人模拟整个世界
一个人搅动一场战争
夜晚,在一个人的祷告声中
哀伤归入尘土

无字可表

一切并不存在于现实中
而在渐渐减退的记忆里
一些废物、尘土、液体的遗物
早已死在过去的时空
水流过岁月,伟大的爱情终于坍塌
如拆毁的空房屋。

多年之后,当他们回忆起往事
付出过"一切爱"的人们
他们沉默相对,无一字可表

第二辑　现实总是暴雨如注

重的残骸

她过得那么幸福，却渴望
狗一样去流浪
在陈旧的空气中走动
寻找食物与爱情
在路边的石凳上，她明白
失去之物再不能拾拣
无论付出多少，无论是什么

有时也会向后退缩
以便把一切看得更清楚
她看到平静水面下的波澜
在无人知晓中死去
一个孩子吹起泡沫，当它们破灭
重的残骸落在心里

遗　忘

一辆车停在那儿
卸下沉重之物，随后离去
一间屋子空空
美好的面孔被钉上墙壁
往事被舌头堆砌，被吞食
更多的被遗忘
一个颓败的人忘却光辉历史
在我们注视下——

他脱下旧衣
呈现伤痕和皱纹

当我读到你的诗

我想为我的情人虚拟一个诗人的名字阿米亥
用你的名字构造爱的庄园
以亲吻堆垒欲望,用业余的身体①不断寻找
静静的欢乐
同时成为我的父亲,以睿智的灵魂教我成为智者
安然接受幸与不幸,如树木也如草茎
在一条公园里的长椅②上,你将满头白发
轻轻搭在我的肩上

亲爱的阿米亥
当我读到你的诗,我要坐在你身边。
安静地哭泣。

---

① 出自阿米亥的《人的一生》:但他的身体始终是业余的
② 但是这个世界造得如此美丽就像/一条公园里的长椅

沮　丧

当现实的皮囊被撕烂
一条路经过你身边
又返回原处。

你在雨中奔走
带着深深的沮丧
像遗失的一封信
字迹模糊，无人识得
像被嘲弄的一截生活
露出体内的废墟

那才是真的

一座石头屋子前
他用简洁的词语描述一株银杏
一株青皮梧桐,和他的生活
"我会爱你到苍老。"
当他这样允诺
白花瓣落在红色纹理的石板旁
他们没有拥抱,没有接吻
只让目光和植物摇晃,

梦醒后,
她翻身坐起,等待一束光将其领入
虚幻的又一日中

时光之河

时间在我体内缓缓流动
带我返回少女时代的河流
满身香皂味的男子在等我
在此之前
我们从未相识过

在这里

在这里,我是他们——
一对古稀老人的小女儿
我们的距离恒定,比如说:
我与父亲从不拥抱
二者的关系类似于流水与行船
送我远行
偶尔无声唤我回到原处
母亲一生在沧桑中度过
终于到了余日无多的年岁
有时我想低下头亲吻她一生未变的羞涩
以我的中年之躯验证其衰老
在反复争论中加深的颓废
一如头顶的白发
从无法忍受的旧日子里爬出来
越长越茂

哦,父亲

暮色中的屋子里,母亲端来稀粥
一伸头就照见往日:
七个人的忧愁水草般铺开
我们翻来覆去地重复这样的忧愁
一遍遍描述不如意的生活。哦,父亲

接下来,他用筷子夹取青菜
——那被他诅咒一生的绿色植物
曾长时间霸占他的胃——
将它们送入口中,并模拟孩子的安静与乖巧

饭后,他坐在我对面,一具苍老的
和另一具逐渐苍老的形体,变成雕塑
过食令我们难受,我们开始用沉默交流
以欲言又止消化辽远的距离

我尾随他的苍老,延续了他的寡言。
只有在陌生人那里
我才需要商人般兜售幸福的泡沫

预 习

祖父母百年后的家安在叮当河西岸
坟堆上的茅草很轻,风很大
我和大姐大声对着地下的人说话
浓烟熏得我流泪不止
一抬头,父亲已站在上坡
居高临下看着他的亲人、邻居、老友、仇敌
那么多墓碑上的名字停在这里
如同废弃的火车站台
作为尚在移动的火车,他需要一次次返回这里
像是提前预习下一个生活场景

他们终于能够享受

他们终于能够停下来
歇在对方的胸口
如水滴接受渐渐干涸的命运
他们终于能够享受,白发挨在一起
去耗余生的时光

远方的水面驶来一艘大船
平稳驶入无人侵扰的王国
两面破败的旗帜呼啦啦响着,预示着
缓慢消失的过去

严肃点

我的爱人坐在琐碎里
用芜杂的劳作解释自己。一个现实主义者
企图用艰难劝退我的激情

当我描述爱的远方
常想发出尖叫
而他认为:生活是一件严肃的事

作为两只装满不同物质的容器
有时我们也装同一种,比如
爱和厌倦,不停磨损的岁月

坚　持

一个擅长在人群中失踪的人
只不过擅长和自己分离
她的一部分走开
在城市里尖叫他的名字
——以想象堆砌出的可爱男人

当梦境破灭,她擅长修补术
只不过是擅长死里逃生
她见过一个女人头破血流地
走进苍老。黑暗中
用冷静的声音发出祷告:
哪怕死一万次,活着只有一次

你要坚持——
她的母亲如是说。

全部与部分

在漫长人生中短暂的几十年里
她送走一个个孩子
对他们施以温暖注视
保留她的住所,为回家的人
提供记忆与短时休憩
她保持最多的姿势是等待
用伟大的爱将离家者一一召唤

我想起她,就想到过去
想到哪一阶段,她就敞开门
她的手举起,就带来福音
踩着她的苍老
我把她的脸戴在我脸上[1]
使我成为她的全部
而我只占用她的一小部分

---

[1] 阿米亥:由于这记忆之故/我把我父亲的脸戴在我脸上

姐姐说

在老家的院子里
姐姐向我说起那个可怜人
操劳一生,行善无数
像一株夹缝中的草
强韧地活
两天前死于一场车祸
留下存款数十万、孤苦老伴、儿女一双
年轻时我见过她将果实摘下枝头
种子埋进土里
为儿女献上乳房,为路人送上甘霖
挥动手臂时的笑声经久不绝
她死后,路上亮起的灯火一盏连着一盏
听到这里,我抬头看见头顶群星在飞
它们忙着升起忙着坠落
每颗星的背后都站着一个沉默的家族

场　景

当我们沿原路返回
林子里乌鸦乱叫
它们黑压压地落下田野
又飞上树顶
满树的毛白杨叶子纷纷坠落
这凋零的场面虚构出浪子回家的幸福
就像我沮丧归来
也带有将多余的人剪掉
与寂静重归于好的喜悦

沉下去

野鸭在水中游啊游
水很辽阔
岸很远

繁华落尽后
一棵树向人们坦露它的瘦骨与伤口

女人们在清晨的树下跳舞
要在众目睽睽之下
将平静的生活扑腾出浪花,让自己好看地
沉下去

她并没有说过这样的话

借助一只盆
我们漂过湍急的河水
在河道转弯的地方,水流获得暂时的平静
踏水上岸
经过丛生的草木
母亲坐在院门里,脸上是枯萎的神色
等我走近并在她腿边蹲下
满脸忧伤的人拉我的手
问我——

如果我走了
你们是不是都能回来

我在奔腾的泪水中醒来
感谢上苍
她并没有对我说过这样的话
而我已经听到

食　物

夜晚来了
我们躺在母亲身边
一床薄被覆盖我们，从饱满到瘦骨

天亮了
我们围坐在矮桌旁
大碗稀饭、馒头、青菜、煮熟的鸡蛋

我把幼时吃过的食物
又吃一遍

这样的相遇
我是指胃与食物的相遇
越来越少
越来越哽咽

打　捞

很熟悉的场景——
你又开始爱
像蜘蛛在漏风的网上
等候，等候……

过不了多久
天会变冷，雨落下来
风卷起雪一次次往网上摔
接着，世界静下来

你继续结网，结网
这么多年了
你打捞幸福的决心从没有变过

祖　母

祖母生于1912年，卒于2008
前半生多战乱
后半生凄苦
一生都在惶恐中度日
对于命中无力摆脱的东西，诸如
黑暗、贫穷、饥饿、丧夫、疾病、孤独
先是抗争，接着逃避
晚年安守
我至今记得她在夜色中讲述她童年中的父母
而从未言及爱情或祖国
头顶微弱的星火持久照着她的双眼
空洞、虚无
此生终了，儿孙们在叮当河西岸
安放其贫贱的尘灰
令她不安的恐惧随风散去了
想想她漫长的一生

以卑微的命顽固地活
想要依附的何其多
能依附的何其少

感谢神

每日醒来,伸手去摸身边的熟睡者
松开他紧握的拳头
挨他的胸口,在新的一日里相依片刻
接着是儿子、女儿

每个清晨,我都如教徒般
以手贴心,感谢神赐予我
享有的一切:
又一次从天空洒下的光落上我们身体
最不值得赞美的生活啊
我反复赞美的是还有你们

买　鱼

我们在水产品市场的某个摊位前停下
飞溅的水花中
他指着其中一条鱼说：
就这个，只要它的头

一双手捞出那条胖头鱼
切断身体、去鳞开颅
掏空内脏后将鱼头扔进袋子
递给垂首等待的人

拎着半条鱼行走
是拎着不可言说的命运
谁都将被摆上砧板接受凌迟
谁都将失去
在炉火和别人的唾液中遗忘
剩下的半截鱼身

追 忆

昏沉的冬日午后
倾斜的路面通向某个住处
这里的平静来自于
因主人精神的富足而少有对他物的依附
熏香似失踪者的足迹
牵引出一部分幻觉
窗外的人影在密集的建筑物和
稀薄的空气中摇晃
从城市的心脏进入无人打量的边缘地带
吉他音撞击并试图开启尘封的书页
它们一直在忍受却无力推开——
此刻，人们泊在光的阴影中
用力拥抱如拥抱死亡
摩擦并撞击直至擦撞出死灰

乐音中，这飞溅的废物缓缓飘落

这样的喜悦，只持续了瞬间
剩下的空白被沉沉夜幕反复追忆

给朵渔

新年的第一个午夜
两个在异乡相认的人终于面对面坐在一起
我翻拣出往事中与你关联的部分
以略微紧张、喜悦的语气表达出来
这样的谈话排除掉任何一种事物的障碍
也无法被任何一种事物包容
有时出现短暂的沉默，像新年的雪花将落未落
尘埃四起如人心未定
模糊的背景中你愈加清晰
我确信，往后的岁月会逐渐加固这一层印象
有人从身边经过，脚步带风
拉动时间向后奔跑
时间不早了，从你到来就意味着你将起身离去
我们来到新年的月下
它因目睹太多的离散而如此圆满

有人在不远处拥抱并轻微地啜泣
我以手抚心：看透我沧桑底色的人们哪
宽恕我再次变回十八岁的少女

给海马

黎明前夕,我们终于找到一家酒馆
把牛羊肉倒进沸腾的水中
江小白呛得我直掉眼泪,接着是啤酒,大麦茶
这样一杯杯地喝,一遍遍掏出心肺
从一开始就坦白,一开始就漂亮
你们一开始就圆满,就慈悲
中年人用大声唱歌拆除掉人世间的障碍
彻夜不眠使我们更加生动明亮
窗外的月亮反复擦去旧年的晦涩,变得愈来愈淡
酒一多却使我们更加清醒
更加明白努力追逐的自由无法变得更大
读诗和唱歌却能获得意外之喜
天亮后,我们一次次在告别声中拥抱
却一次次陷得更深
直至倒在新年响起的钟声里

神　赐

又是神赐的一日
我坐在东窗前
远处吊塔的长臂横在天空
神坐在云台山顶
赐予人间雨露也赐予人们
无意义的存在

每天清晨我都会手抚胸口
说出我的心——
我活着
还有恐惧，且可一次次陷入沮丧的梦境
我醒来
感谢这神赐的又一日
我爱的人们都在

剩下的

快刀在肉体上轻巧地割
年轻、时光
共同面对的人事

都是在结束之后
你才感到疼

才感到
越来越稀薄的人间
剩下的
都是命

像谈起别人的故事

如今谈到死亡
她脸上再没有风暴碾轧过的痕迹
转而替之以平静
死过一次、再死一次的人
以右手去摸左手腕
那里有块微微突起的白色疤痕

"活不了的人,死因只有一个
活着却要拼尽全力"
像谈起别人的故事,她微笑着说

告　别

烧红的太阳摁进江水时
江面腾起烟雾。这不安的终结者
正与白日里的虚幻告别
暮色中，植物只剩一副骨架
大地空了，风来回地吹
我们跨过奔涌的江水
一起落在异乡的弯月下
四目相对时开始遗忘
仿佛我来，就是为了向你告别

归宿

一切生命都回到了这里
他们的出发之处
落叶,鸟兽,人的尸骨
眼泪和歌唱泯灭在空中
肉身成为后来者的食物
多少年来
那么多孤独的人在相爱
那么多相爱的人重新孤独
曾让我们深信不疑的誓言
至今没有归宿

人　间

被黑夜收拾一遍遍的人间
在又一个早晨活了过来
与命运对抗的人
一部分还执拗地活着
一边爱一边恨
另一部分借草木、星火、河流
借那部分活人的口和心
一遍遍重返人间
你看，人间多么辽阔
活着多么简单
你不来，我不走

对　坐

她坐在那儿，嘴唇灰白
如一枚过期的果子接受不断萎缩的命运
沮丧从皮肤向外辐射
撞上现实的墙面后又围拢过来

在行将枯萎的女人面前
在我的姐妹，我的镜子前
我羞于谈论人世沧桑

众多的光芒中，我们难以找到
合适的那一束照亮彼此
外面的天总是暗了又亮，亮了又暗

路

将一身蛮力交给岁月的人
现在将肉体交给一根拐杖
让凶猛的速度牵引半生的人
将倒影长时间落入河水,随波逐流
一部分落叶停在路上,路在这里
等你最后的脚印落上去

清　晨

盛大的清晨降临了，雨水也多
暗绿的布帘挡住光。
疲惫一天的人
昨夜又使用了过多的力气
现在——
他弯曲身子，头侧向一边
像奔腾的江河在河道转弯处
遇到细沙
缓慢的时光中
唯细雨来和暗沉的鼾声

触　摸

天快亮时我翻转身子,将手伸进她被窝
摸她脚趾及平硬的脚板
越过小丘般的脚踝,在膝盖处停下来
稀松的皮肤内,曾经坚硬的支撑物
日益瘦、小、行走困难
这样的消退,旁观者无力阻止

与此同时,她也触摸我的——
细滑尚且饱满的皮肉
暗藏着貌似不竭的精力

这一刻,我们互换了位置
我的右手触碰到了我的暮年
她以年轻时的羞怯躺在母亲的身边

回 忆

在老家的院门外
树长到了天上
从离地面最近的枝叶开始
一路向上
只有根停在地下

回忆着的人抬起头
眼前的植物已变成幼年的样子
灰旧的天空下,我们的父母
身形矫健步履如飞
熟悉的南风拍打着门
门磨损着门框
门框里的人再次模糊不清

熟睡的女人

在车身的摇晃中
她暂时放下琐碎
松弛下眼睑和颈部的纹路
将头倒向一边

这些年来
肉体酿造出充沛的欲望
雨水将其熄灭
抓握生活自带的刀锋
流血、结痂

车外的荒草和村落目送我们离去时
她没有醒来
没有将紧握的左手和右手
轻轻松开

铁,与铁锈

她以左手托举右臂
以使右手中的锅铲
能翻动半锅土豆块
火苗舔舐着锅底
发出轻微的爆裂声

这一幕使我想起幼年
那时她还年轻,身手敏捷
生过四个孩子
流血、流泪、流汗,吃苦无数
双手握举过一切铁质物件

也专注于对付一些细微之物
将线对准针眼穿过去
耐心将一件的确良上衣穿旧
等孩子们长大,飞鸟样离开

现在，那些使用过的铁器早已生锈
轻轻一刮，掉下碎屑
包括被生活过度使用的母亲

月　嫂

下雨时，她正坐在亮堂的屋子里
怀抱别人的孩子，给他唱歌
歌声泛着仁慈的光芒
光的后面是颓败的场景：
雨水冲进家门，没过桌腿
满身酒气的男人从工地上回来
摇晃着寻找某扇门
而门里并没有人在等他，给他醒酒物
她叹了口气——
醉酒的人容易获得幸福
现实总是暴雨如注

远　方

一个人活着，惊恐地发现
再没有新鲜的东西可以献出
新鲜的舌头、身体、爱
新鲜的恐慌或绝望，以及高度
再无经验之外的谜底可供猜测
那些缠绕过她的问题，或者了然于心
或者答案已不重要

唯不能企及的远方
闪过一道令人惊惧的划痕，像召唤

我们都是有病的人

在这里，
我们依次顺从地躺下身子
接受带有橡胶手套的手的检验
接受它对于病体的处置
命运的报告
接受药物

作为因懈怠种植下的祸根
我们必须接受报应

树

一开始就不能动
站在生来固定的地方
用叶子和枝探路
花和果实表达情绪
在雨水中保持静默
像一个人
看透一切但不说破

活着的时候
它清楚雨水如何进入到
细小的叶子
带来战栗

它躺下
卸下一切无用之物
雪落上来
一遍遍洗净它重新成为木头

醉　酒

一个男人坐在十字路口
对着臆想中的情人说话
他喝了点酒
醉意使遗忘与记忆汇合

女人坐在虚幻的独白中，像个王后
她在他眼前踱步
从脚踝到腰身，从海洋到山丘
她任他侵蚀，直到释放在空中

夜深之时她离开了，
将男人滞留在原处
他睡着了，头耷拉下来
很安静。

一无所知

　一天的工作结束之后
你能记录下来的活着,从模糊的照片
从无对白的录影带中传出
无法记录的内容,比如某个虚幻的人
如何伸出长而冰冷的手臂
抓握黄昏中的海水
你也伸出手,去触摸那具肉身
——这一切,都被秘密定义
秘密地从一张嘴传到另一张嘴
直到人们对此失去兴趣

他们得到什么,将失去什么
而你得到什么,将永远获得

——你将那个人写在这里

上帝在点数

车向北行
左边是不断下坠的夕阳
右边是月亮
白白的月亮
被风从低处吹上来
银色的河流
躺在金色的麦田中

上帝坐在黄昏的边缘
点数夜色中如期归来的人们
一个、两个、三……

希望你——

多年后,你会在抽屉里找到这封信
你用苍老的手指将它打开
眯眼细细地读:
在悲观的假设中生活
有时会被虚拟的结果击中
当真相到来
也会失去预期的担忧、惊惧或疼痛
平静地顺从流水的生活
如果我先你而去
希望你也能像我一样

活着的人

活着的人迎来一次次日出
对流逝佯装不知
活着的人追忆往事
会剔除掉泥沙碎石
让死者一次次获得重生
活着的人知道
一步步走向死亡是不断归还
人间的欠债
直到大雪覆盖唯一的肉身
活着的人种树，
他知道每一棵树都有埋入土中的时候
这是它们和大地提前签下的契约

向死而生的举动

"她熟睡的样子像个婴儿。"
人们都爱这么比喻
对于深爱的事物来说
自会倾尽一切赞美
作为母亲
必将经过一片片丛林
学会木棉一样持久地开花
也要拥有治愈疼痛的能力
当雨水和阳光同时降落
挑拣一部分光线并努力穿过细雨的针眼
这向死而生的举动
一直延伸到枯萎
她坐上山顶,看孩子们挥动手臂
划出一道道清澈的河流

安 抚

在地下车库,某些阴暗的角落
在春天发黑的树林,柔软的花园附近
在更多不能回归的日子里
他们一次次推迟离别来建立新的联系
像两艘停止前行最终分道扬镳的船
互相凝视,或拥抱着安慰
有时谈论起幸福,会努力显出不幸的样子
空旷的夜晚里响起不安的心跳音
四周水声如祷告词
安抚企图逃脱出时间的人们

果　实

几个女人在树下采桑果
她们踮起脚尖
掠夺高处的食物填并不饥饿的胃
当果实被需要
枝叶就会多余，在野蛮的掠夺中
被撕扯，被凌辱
想起幼年门前的桑果树
为我们提供了多少酸甜
曾把嘴巴染成乌紫的祖母
96岁时藏身树下
春天又爬上枝头
获得恩赐的人总会以另一种方式
回馈所获
我怀疑人们摘下的
其中就有我的祖母
她慷慨地说：不管你饿不饿
都可以拿去

回　家

天黑之前
我带着孩子回到了老家
这儿离我居住的城市100里
村庄被绿树环绕
看似生机勃勃，实则死亡每天都在发生
他们——指我的父母
栽花种菜
也亲手埋葬活不下去的生命
更多的时候，远远注视一支送葬的队伍
在叮当河的西岸停住
他们哀叹，但很少哭泣
夜晚，父亲在隔壁拉琴
我躺在母亲身边
准确说是母亲躺在我身边
我们抱住彼此的脚
院门外的草木向空中涌动
天空和大地第一次挨得这么近

南风吹着不相干的事物

挖掘机从房子里运出石块钢筋
那些花了大力气填进去的硬物
正被一股蛮力拆除
尘土战栗如情绪
剩下的建筑突兀难看
犹如悲伤的脸

这些年来
我们的身体接纳过多少身外之物
装进多少就掏出多少
越掏越空
空空如也的南风吹着不相干的事物
一个是你，一个是我

爱人在打扫

他将每间屋子都打扫了一遍
努力扫去让生活蒙尘的部分
使之露出光洁的一面

后来在一排排书架前停下
反复擦拭木质的纹理
似乎这样就使一棵树获得了救赎
我们也将重新拥有新的枝叶

这柔软的坚持传递给了光
它将我们罩住
连同这满目尘埃中尖刻的部分

摧　毁

当我踏着隐约的鸡啼来到外面
眼前的雪是被反复践踏过的
除了车顶与灌木丛
手脚够得着的地方已化为脏水
总是这样
美好的事物无法留存
一部分被时间收走
一部分消逝于自私的爱带来的破坏欲
我相信过度的亲近是源于喜爱
也相信雪自然懂得人间的污浊，懂得这样一来
是再也回不去了
但所有的摧毁皆摧毁不了
飞身一撞的幸福

亲爱的孩子

春天快要漫过来了孩子
藏匿的情怀正在萌发
水会缓缓沿山路流下
绕你赤裸的脚
天空已备好了空白,来装你
打开的年华

破碎的西红柿

火不能放弃煎熬的本质
破碎的西红柿只有放弃丰满的汁水
把自己变软、变小
缩身为轻薄的外皮
右手持勺的人同样面临这
艰难的处境
她站在炉火边静静回想的样子
多像沸水中的西红柿
越来越多的酸甜被逐出体外
包括一切皆不能还原的
深深恐惧

……

我们都是对方的镜子
一定意义上,都在奔赴一场
寂静的生死
我们都是有病的人
且天生知晓结局

问　候

父亲倒背着手走在坡上
一路向北
他关心一个老邻居的坟头是否已被
培上新土
边走边指给我看那些坟前的墓碑
一一念出上面的名字

走在父亲身后
我听到众多隐秘的应答
先后从青草深处传出
声势越来越大
直到父亲发现关心的事情已经圆满
直到他满意地回头
四野才停止喧哗

也许穷其一生

半生都为这肉体忧心忡忡
年轻时它充满欲望
只有疲惫能使其安静
人至中年
时时流露出不适
并制造一轮又一轮的恐慌
这提供爱恨的行走者
无休止地追逐虚妄的一切
也必然承受千疮百孔的命运
也许穷其一生
它都在等待救赎
有时是一个怀抱
后来变成并不可靠的药丸
穷其一生
它都在等待中接受疼痛
旁人无法施以援手

每次离开

在苏欣快客
他递给我两个菜包,一杯热水

进了检票口
我冲他挥手,他挥手

上了车,我又挥手
他第二次挥手

等他走到拐弯处,回头用目光找我
我再次扬起了右手

逐渐缩短的旅程里
我的爱变得越来越小,越加单调
它被重复挥动的右手用力提起
轻轻放下

迟归的人摸我的额头

睡意昏沉中
迟归的人伸手
摸我的额头
摸我手
轻柔如同安慰
孩子的睡眠

此时灯火微弱
磨去棱角的时光中
风敲打窗户
一声慢过一声
渐渐远去

第三辑　你需要忘记自己

过 渡

当一部分建筑物
被光照亮
低矮背阴处尚陷在阴影中
久远的
颓废的阴影
留存着生活冷硬的一部分
期待着,又厌倦光
一次次明亮,又一次次地
退回去

艰难的过渡啊
从爱到放弃

在……

在别人的世界里活着
像个人
夜很黑,风一次次
擦亮它的翅膀
在别人的世界里用力活着
竖起耳朵去听他们的声音:
好的,坏的……

在这里,无人看到
你步出自己的身体,向后仰
倒下去。不是缓缓地
是轰然触地时
发出幸福的哭声

假　设

假设你已来到人生的晚年
坐在窗前，借助一扇玻璃审视自己
平静的目光，映现出往日盛颜：
你们并肩躺在山丘之间
在草丛中，遥想今日荣耀和痛苦
爱过的人朝着天空敞开全部

此　时

此时谁拥有平静的面容
云台山的灯火隐约不眠

什么人在夜晚逆风而行
寻找昨日停留过的人

谁没有在今夜卸下伪装
摘下假发、华服和语言的刀锋

它们一遍遍接受雨水的冲刷
露出洁净的肉身

这之后

你怀揣着一生所得
简短的履历表和一张爱的证书
离开一切熟识的人、地点、情节
你停止追赶
改为缓慢地回味过去的一切:
伤痕、对话、匆忙来去的背影
在此之前,什么都是甜的
这之后,你站在下雨的窗前
俯瞰夜晚留下的痕迹

来 去

每个人都有一道窄门
供有缘的人进来坐坐
再供他把来时的光带走

岸　上

上岸后,我们并不急于道别
天色尚早
脚下的草地空着
正等着有人坐上去
在这个角度
恰好能看到我们从对岸涉水而来
再穿过石头和草丛的路径
那些艰难,不过是
鱼在沙石上接受刑罚
而水在不远处轻缓地流着
不动声色
我们坐着,看那艘载过并最终卸下我们的船
因轻浮而失去方向

病中记

1

阳光真好,这么好的天气,照在我的病体上。
不要浪费。让我用盛大的空洞去装

2

起风了,走在风里的人大声咳嗽
风带走她咳出的眼泪

3

想想这一生,总有什么陪我化为灰烬
不是你。你的名字会在灰烬中永生

4

作为一名失败者，必须颓然面对塌陷的结尾
她装得若无其事。
安静地行走，安静地吞咽极寒天气里的呜咽

了　结

一切都配合得恰到好处
风拉动乌桕，果子就来回晃着
风经过它一百次，果子晃动一百次
如果不，它就静止
最后一次，风将它摔在地上
未了结的事情终于——
放松下来。再没有什么令我焦虑的了
再也没有。

听不清

即将结束的夜晚
微弱的光筑起思想的洞穴
作为我的全部——肉身和灵魂
除了在我们少数相爱的日子里获得统一
更多人世及险境里
它们无法紧紧拥抱。现在,肉身在这里
一如中风的老人无力与命斗
另一部分在干涩的世界游荡
有时拼命拍打竖在我们之间的隔音玻璃
尘世太吵,它说了什么
谁也听不清

我承认

我们交出寸断肝肠的柔情
保留惊心动魄的瞬间以供追忆
细节被一把钝刀切割后压成薄片
混合了多种滋味

摩挲着悔恨的人各自独行
（我承认，我悔恨。）
你走之后
再没有一样东西令我迷恋

铁　屑

不远处的工地传来敲敲打打的声音
一具铁器正拼尽全力击打另一具
在对抗的力中、二者发出暴力的怒吼
被击打者弯曲、断裂，并有了新的形状
有时也会发生双双毁坏的情形
持器械者喘着粗气，双臂下垂
颓然目睹手中剩余的半截家伙
这费尽力气的生活总会带来两败俱伤的局面
你我先是利器，后来是铁屑

坚 固

挣扎半生
不过是在疲惫时
有个可以依靠的膝头
不过是
它支撑你
分担并消融你的肉身承受不了的
累和罪

它不言不语
像石头一样坚固

张　望

对迎面走来的人作远距离的凝视后
到了跟前，我低下头来
待擦肩而过
又回首张望其离去的背影

这也许源于我羞涩又温暖的本性
把每个行人当作不同阶段的父亲、母亲、爱人、孩子
我爱看他们身披霞光而至

当他们沉默着向某处走去
又暗示着
生而为人的孤独

忘　记

你需要忘记疼
像年幼的女儿离开你时
咬紧的哭声

忘记痛苦,像那些姐妹
在屈辱中持家养子

像年迈的母亲
承受一切不幸并付出宽容

像祖母
接纳一切,让蚂蚁爬上白骨

你需要忘记自己
在这不安的人间活着

尾　音

就这样，我轻易活到了暮年
如一株植物站在暴风雨后的彩虹里
看江水从远方涌来
在某个拐弯处发出碰撞音
随后潜伏于江水深处
多像暗藏潮水的分行，磨损我，重造我
并继续磨损……
直至在反复锤炼的克制后
赐予我平常之心

在落日下坠之际，江面布满血色温柔
我爱上这宏大的乐章中
舒缓的尾音。一种笃实的喜悦
无声植入渐渐合拢的掌心

某一刻

光从头顶巨大的水晶灯中泻下
落上白纸黑字和宣读者的誓词里
听众划动手机屏幕
他们都有着安泰的身体
也有让灵魂逃离现场的能力
根据剧情需要
假装在，假装不在

我翻动书本，读到这一句：
"自由在冒险中。爱在丰饶里。"[1]
想起某人某事，并让此侵占我身心
构筑成神秘的好世界
身边的女孩在写秘密的小纸条
她眼睛里喜悦的光芒让我发现
我们严肃地接受生活的训导
背地里却是多么欢欣

---

[1] 出自朵渔的《稀薄》

再也不能

像山坡上的土豆停止滚动
我们从各自的坑中抽身,藏身于此

这沉默的对坐时光
再也不能还原出生活本来的样子
两颗被打开的土豆无力还原安静的内核
也无力恢复爱——
一路碰撞着,失望着,写着"忧郁"

迷　途

经常在暮色中的街头
一个女人目光恍惚，向路人询问回家的路径
如尘埃中走动的静物
除了生死两头，似乎一生都在迷途中

有一次在离家很近的路口
为了顺应风向，转身向另一方向而去

最常见的隐喻是，人们在身边走来走去
她却发现自己并不在人间

梯　子

给你梯子的人并不会
和你一起攀爬
他负责提供陡峭
使你获得虚拟幸福感的通道
当你在悬空的梦境中向上
横木越来越细
越来越短
直到再无高处可去
你回头
给你梯子的人要么离开
最多只在原处等候
独自奔赴并必须回头的处境
使你陷入深深的沮丧

河　流

每天早晨我来到盐河边
阳光平均落下来
把身体的一部分照亮并保留另一部分的阴影
有时它向南，我向北
像一个人的肉体与灵魂背道而行
离去的河水也会转过身来
我轻轻说话
伴随它低低的共鸣

现在我坐在岸边的草地上
观望她如观望仓皇的半生
没有阻挡的地方出现流畅的线条
偶尔产生的漩涡在经过小小挣扎后
归于无力回天的平静

影　子

只要有光，影子就牵着我跑
现实中无力解决的问题总被它轻易征服
比如落上水面，轻浮地晃荡
鱼虾无法啄破的阴暗，风也无力穿过
落在树上，挨着叶和果子
在乱石中向上，以虚空对付锋芒
当一个男人抬起步子穿过我身体
等它越过荆棘的尖刺并将在背光处消失
我从未安抚过它
从未伸出肉质的右手
触摸这具虚无的疲乏之躯

落　叶

借助于死灰般的落叶
我看到生命的循环往复
幼年的叶子爬上中年的树身
把天空分割成若干份——
这是你的，这是它的，这是我的
……

站在树下，我看到垂老的叶子拧干水
变得冷而脆
它们铺在地上，挤在一起
顺应这干枯的命

拥有过无数风暴的树身，沉默地站立
以平静的内核审视一部分自己的死去

知　晓

天上的星星落下了，人间的草已烧光
风从远方赶来了，影子拉着我跑
在起伏的夜色里如惊弓之鸟
有时在人群中停下，含泪等待某个怀抱
这样的情境反复在回忆中呈现
从婴孩到少女到中年之躯
这循环往复的过程直指人世悲伤的宿命
——抱住什么，什么就失去

物伤其类

狗与人生活久了,会沾染上主人的气息
衣着光鲜的女人出门,其狗也干净
懒散的汉子背后,必有一只毛色混杂大大咧咧的狗
坐在轮椅上的中年男人,对着河水饮尽杯中水
其身后,白狗以同样目光注视水面
黑狗盯着来往的脚步
小时候我见过的狗,多数被拴养,多数被宰杀
多数逃至荒野次日回来
多数在临死时流下泪水
数年之后想起它们,我已学会克制物伤其类的泪水
保持叙述时语调的寂静

最好的

最好的夜晚已经到来
积聚我这些年来的静寂之气
躁动也有它的安身之所
可以在合适的时间与高度起飞
最好的事物泛出陈旧的光
像杯子、木质纹理的桌子、桌上的书
像你放在身边的旧衣服
被打开,现在安静地合拢
传来的气息中还包含未及点燃的烟卷
它泊在那儿
对即将到来的燃烧充满耐心
一些缠绕于心的问题也一一了然:
我们有时生长缓慢
有时需要加快步伐
只为拥有与你相匹配的衰老

雨　天

雨天拢起所有事物的幻影
被光拉长或缩短的疲乏
终于享有一小段自由
高楼、植物、雨及灰色的鸟
它们的存在，简洁而清晰

我站在窗前，良久——

生活从不值得称颂
这令人疲惫的尘世投射下巨大的影子
即使在雨天
也从未享有过片刻自由

拥　有

除了明媚的
我有许多你们所不知道的时刻
我行走
朝着四面八方的道路边走边哭
拒绝路将我送回原处
也让自己成为其中的一条
延伸这些年的失意、漫长的孤独
我明白这无能为力的前途
专为我设

有时坐在某处
一个被尘世放弃的人有着死灰的心
后获得宽恕
我所见到的生命安守于命运却依然
拥有爱！
并将之带到末路
这备受损毁的人间又使我心生赞美

死总是不费吹灰之力

一个老者对着河水抽烟
风吹起烟雾向西北方向走
也将带走因苍老降临的失败之心
和不久后的死亡
想想剩下的烟蒂啊想想人生
总是先明亮,后熄灭
你们能看到的生总是与死相伴而行
死总是不费吹灰之力

秋风起

植物们拥挤在一起
白云和浪子散落各处
河水从南流向北
风摇动树叶时
远方传来安详的钟声
并没有一个人打扰到我的心
在它宽大的领地
尘土起落,有荒凉也拥有
无限活下去的勇气

木　头

我见过最绝望的木头
失去枝叶，剥去皮
被投入水中
据说可防止蚁虫腐蚀
保持万古长命的木身

有一次我坐在上面
惊恐地发现
人生也如这样一截木头
没有命
也能活很久

微　火

走到这片缓坡时
我长吁一口气
在这里
没有狭窄的门要侧身挤入
没有两条以上的路需要选择
不远处的水有小动荡
再无大风波

也不再有
揪心的爱情和不息的泪水
愤怒、狂喜、彻夜不眠
没有了
它们有的死了，有的老了
每一场雨都会带走一些
埋入土中

现在，只剩那个持续添柴的人
他会给我持久的微火

空

暴雨如注时
闲置许久的人间
终于满了

雨过来时
骨头拉动风声
如一架巨大的风车

如 果

如果有人并肩而行
我愿落在其后
如果有人说爱我
我听后即忘
如果下雨,雨水也不多
我愿低下头
头顶是薄薄的云
脚下是厚厚的土

活　着

一生真漫长啊
埋头生活的人把日子藏在流水中
那个年轻时经常念叨死的女人
早已收起各种利器
活了很久，还在活着
草木在一岁中完成的枯荣
她还在等待

有谁不是走在渐渐逝去的路上？

中　年

到了中年,我称尘世为人间
称男人为孩子
允许皱纹爬上身体
在对命运的顺从中保持微笑

长久回味与他在人群中的相认
放弃情节,专注于对细节的记忆
纵容更大的爱,缩减愤怒
宽恕年轻时犯下的罪
在轻微的倦意中坐到天亮

平　静

就像一棵树
先是不断吐出叶子
起风了，反复做着起飞降落的姿势
黑夜中发出幽暗的光
后来开始枯萎
将岁月赐予的美好一点点还回去
在雨水中坠地、烂掉

漫长的相爱之后
我们已经平静
即使站在凶猛的浪潮面前
也无法获得新的悲伤和喜悦

自　由

在所有关于"自由"的描述中
黑夜因其辽阔令人滋生更多想象
一束微光探过来
像远方伸来一只手
它激励你犯错并带你奔赴陌生的去处
天堂地狱
去讨要亏欠你的一切

你总是中途折返，惦记着生活本来的秩序
没有剧痛和狂喜
唯有可靠的平静——
提供长久的对于"自由"的想象

处　境

已度过的无数个夜晚
我们安睡
以一种无法打破的秩序各自存在
灯火在窗外各处明灭
像我们的过去，一小节波浪总会被
巨大的平静安抚

与此同时
我隐秘的身体因难以获得更大的自由而
轻微抽搐
一些令人为难的处境无路可去
直到被天明无意瓦解

孤 儿

你在谋划一场遥远的出逃
像是悬挂已久的果子要落下来
要拥抱辽阔的自由或毁灭
它决定落下来,不顾失败的后果

这时雨水正旺
一部分雨滴从树叶上无声滴落
一只鸟将翅膀插入云层
你埋头行走的样子,真像个孤儿

雨　夜

十点钟从远方归来时
神坐在他的夜空
俯视并以辽阔的温和覆盖我

我在十字路口停下
在迟缓的雨声里
他——我是说神，他看着我
发出轻微的叹息音

越来越多的雨水涨满人间
中年的身体晃荡着
承受，也爱着
这满腹心酸却不落一字的人间

奔 赴

黑暗从四面八方拢过来
远方吹来了小风
我已等了一天
像个死者在地下
巴巴地盼着
现在变得迟钝

悲伤的夜晚不要流泪
我有另一个故乡要去奔赴

感　谢

疲累了一天
感谢我依然有家可归
儿女归拢于屋檐下
一只猫蹭我的脚
那个爱我也时时责备我的人
他能够先我入睡

不长但结实的睡眠之后
依然能够接受光的照拂
感谢每一位遇见的人
我们存在并能无理由地
彼此微笑

共 享

黄昏时分
光落上东边的河流、房屋和山

我喜欢坐在阴暗的内部
看好运纷纷落在别人的头顶

天黑下来时,会有一个面目不清的男人
与我共享这份寂静

切 割

下了一夜的雨
盐河里的水越来越多了
它们没过水草的头
渐渐接近白色护栏的高度
多出来的水在风中晃荡
真担心它们下一步无处可去
再一想又觉得思虑纯属多余
这些年的欲望如河流奔涌不息
消长自有规律
你能看到的平静
都经受过合理的切割

钉子和草绳

亲爱的你告诉我
什么是你要过的生活
你被推着向前,有没有泄气的时候
你泄气的时候,要忍住哭
咬紧植入肉中的钉子
钉钉子的人,又扔给你一根草绳
被钉在原地的人
还要学会承受被拖拽的命运

扮　演

有时我们要扮演一下死者
学他闭嘴、闭目
躺在某个安静的地方
感受重型货车碾压大地的声响
如灾难降临

此时你在人间而人们并不以为
你还活着

有时也会扮一扮生者
在人世轰隆隆走动
空怀一颗死者的心

幸　福

一个人要吃多少苦
才不欠一生中多出来的小小的幸福
历经多少旋涡才能拥有风平浪静的岁月
这么想时
我正在疾驰的车上
飞逝的庄稼和树木扮演往事的角色
被车窗隔离，保持不断后退的状态
落日向北跑，向下坠
像不断减少且遥不可及的幸福
都要经过艰难的追逐

宽　恕

四十岁时,我宽恕一切。

面包爬上蚂蚁
灰尘掉进茶碗
出门遇到暴雨
善遇到恶或恶心

我宽恕一切并不代表我有
旷世之爱
只因我们都将被尘世宽恕

算　命

命裹挟着每一个日子
推着我们向前
命里有桃花、洪水
它拎着我们的头颅风雨里行走

命推倒一个人像秋风吹落一片叶子
扶起什么，什么就不断生长
有时我也会走出命外
在梦里算一算下一刻的命

我经常这样

这半生我常常这样：
缓慢地走，急于表达
在一切有光的地方留下影子
在更大的阴影中敲钟
越敲越弱

也常常这样：
一点点累积起欲望
愿意为之耗尽毕生的激情
也常活在殉道者的毁灭中

好在如今
这身体仍有催生一切的力量
因此我从不惧怕失去

处　境

某一日，我孤身一人走进某个
隐秘的地带
我愿在此说说轻微的疼痛
说说我只离开一段可控制的距离
会在天黑前回来
哦，我从未走远
那个世界里的人会找我
每个日子消化我愈陷愈深的衰老
一切像提前安排的那样
我也想说说自己：
一个女人潜逃于此
为何要向着未曾到达的远方跪下来
或者说说此处：
脚下尘土安静，风在飞翔
每一颗孤星都是我的处境

结　局

很多时候，我们对结局并没有
十分把握
是不动声色的分解动作领我们
走上不归路
是欲望堆积起了虚无
是天气先暖和，将树催出叶子
开出花结出果子
又是秋风收割了一切
现在，我站在这冬日的树下
静静等待一场雪，将一切
清理干净

我也想说说我的忧伤

那个堆好的雪人被一脚踢翻
身首各分几处,随后
愤怒的哭叫如同破碎的玻璃碴子
切割人们的心
她不接受道歉,不接受怜悯
肇事者的忏悔因无人接收
失去意义

我也有心爱之物
也曾被用钝器敲打与击毁
使我终于变成一个忧伤的人
当我在雪光中沉默
你们伸过来的手,皆不能
将我安抚

剧　终

在一个个空旷堪比草原的凌晨
我打开灯
长久地站在玻璃门前
我常会放弃真实的生活而对另一个
产生兴趣
让她在臆想中经历风暴
独自穿过荒野中的小径
在某株植物前停下
一晃就是半天
与顺眼的路人交谈，如久别重逢
当人们陷入狂欢
只有她爱着远处的事物
并为之放弃已有再次上路
在她刚刚到达某个顶峰
我会果断灭掉灯

模拟玻璃破碎一切灰飞烟灭的场景
让那些未及开始的好故事
再也不能启齿

消 失

这生活，什么都不能久存
苍耳在等着风干
搁浅的船放弃规划好的路径
河床正一天天低下去
我边走边抖落身上的小雪
上一秒的自己陷进往事
剩下的在变短变薄
你看
我每一刻都似承受零刀碎割却
浑然不觉

我能忍受一切锋利

醒来后,我会摸黑在窗前站一会儿
看远山明灭的灯火
想象它们身后都有一个点灯的人
侧耳辨别隐约的鸡啼
让越来越多无意义的事物占据心头

有时在房间走来走去
主动接近某个静物,直到我们近距离相对
有时也倒退着走
模仿眼前事物正离我而去的情景

当我在黑暗中挨着什么坐下
我会放弃敏锐变得迟钝
那些细节一步步退回隐而不发的生活
我能忍受一切锋利而专心做个信徒

停在空中

远道而来的人们在陌生的房间
留下寒暄,各自离去
他们向前走,向身后挥手
像一只重新放入布袋里的猫
凭天真与盲目带领自己
去往另一个黄昏。

围观者看到:燃过的火柴梗停在空中。
此刻
他们完全停在空中

与自己道别

当我望向你时
是望着我失去的一部分
曾经拥有的拱顶和深渊
奔跑、搏斗的状态
爱情的边界消退
向我背后——

如今我在人群中与你对话
从第一句话开始消逝
到我们的脸和手
这些沉默远去的物件令我平和

最后，我与自己道别
并永不能造访